门

诗选 1995—2007

SELECTED
POETRY
1995-2007

THE DOOR

上海译文出版社　　　　［加］玛格丽特·阿特伍德 —— 著　巫昂 —— 译

献 给
我 的 家 人

I

II

III

IV

V

I

汽
油

在几近细雨蒙蒙中颤栗
坐在木制外船板的内侧
鼻子探出了船舷，
我看到它滴落
并在毫无光泽的水面扩散、晕开：

战时最为明亮的事物，
一道彩虹，
如昆虫的羽翼般稍纵即逝，
绿色、蓝色、红色与粉色，
我闪闪发光的私人游戏。

这是我最好的玩具，那么？
这有毒的污渍，是从
一只充满有毒物质的
脏污油桶中溢出的？

我知道它是毒物，
它的美妙不过是幻觉：
我能拼出"易燃"二字。

但是，我依然喜爱这气味：
如此地天外来客，星体般的
轻盈。

3

我将乐于喝下它，

吸取它的虹彩。

如果我可以。

这是诸神的存在方式：似乎。

五美元一天的欧洲

日出。这薄薄的、布满了洞洞的床单
正在被清洗之中。城市是古旧的，
但对我而言是新的，也因此
奇怪，也因此新鲜。
所有的一切都干净，但平坦——
即便是眼科医生浑浊的双眼，
即便是屠夫那，刷过油漆的马肉，
它那托盘内水淋淋的内脏
以及发黑的一板板的肉块。

我一路走，
平等地看待每样事物。
我已经得到了这一袋子我想要的。

我把自己切割出去。
我可以感知到此地
是我曾经牵连的地方。
它是粗糙的，如若你用手指头
碾碎它，它变成了一堆肉眼可辨的
碎渣。它刺痛。
而它真正根植于我的
是它被剥离的根部？
正在这儿，正在那儿。

与此同时另一个
携带着记忆的女孩，
正来临，越来越近。
她渐渐追上我，
紧随着她，像红色烟雾，
我们共用的绳套。

母鸡之年

这是收拾家当的一年，
扔出去，收回来，
从杂物堆中筛选，一大堆，
一大摊，小山包也似，积年累下，

或更乏诗意而言，这些货架，这些卡车车厢，
这些壁橱，盒子，角角落落
在地下室，犄角旮旯和食物柜内——

这些垃圾，换句话说，
在此堆积，另有一些留下，
另有一些被轮转，或被丢弃
以我的方式，以看不见的波澜。

举个例子：那两只
一度用来盛放我们
在蒸笼般的夏天制作的
果酱的空厚玻璃罐子；那些节俭地轮番使用的
塑料袋；那把在崭新时备受夸赞
已经撕裂的褐红色雨伞；

放蜡笔头的巧克力盒子
为了不存在的孩子们保留着；

脏兮兮的分趾鞋

一度曾是我的。

那些早已遗忘了名字的男孩们的照片

（在镀铬的车子跟前洋洋自得地

摆着姿势），他们当中很多人

已经死了，其他的老去——

一切都长出了斑点，皱巴巴的，乱七八糟的

在一起宛如——这么说吧——一大堆

七零八碎的卵石在河滩上不断积聚，

现在被风吹日晒，或胡乱陈放，但又被捞起来

指认其美感，

装裹起来作为某些曾经的不可磨灭的

日子里的纯粹的纪念品。

重启玩偶屋

重启玩偶屋
它闲置了得有十五年了
被主人家弃之不顾
我们拆开包裹好的家具
喊醒这家人：
母亲和父亲；穿着海军制服的
男孩和女孩；一个皱巴巴的婴儿；
祖母和祖父，
他们花白的头发暗淡无光——
一切本应如此，
除了那个多余的，小小一只的父亲
带着世故的小神情，留着络腮胡子：
也许是个邪恶的叔叔
一到夜里就四下里闲逛
还骚扰孩子们。

不——让他安分点儿！
也许是个男管家，或厨子。
他是那个可以游手好闲的家伙
那只正宗的铁炉子，带着盖子，
把热水倒入大澡盆内，
开洗那些可疑的肉类
按着烘焙手册制作的
可怕的蛋卷，肉丸子，

蛋糕,歪歪斜斜的、紫色的。

现在想象一下这个已经收拾停当的屋子,
如同它曾经的那样:
父亲在摇椅中打鼾,
手里拿着迷你的报纸,
母亲斜靠着做编织活儿,
棒针跟她的腿一样粗,
祖父母在那张最好的床上昏睡,
厨子在数鸡蛋和苹果,
孩子们正弹着小巧的钢琴。

退后一步看看:这就是一个家了。
它从内部开始展开。
门口写着"欢迎"的迎宾地垫
但是,它依然让我们感到不安——
为这巢穴而焦虑。
我们如何确保其安然无恙?
有那么多需要保全的方方面面。
可能是疾病,或许是尖叫,
或是一只死去的乌龟。
也许是一场噩梦。
如果仅仅是吐司烤糊了
那真不算什么。

玛德琳只有三岁

但她已经懂得

那婴儿对于摇篮来说实在太大了。

无论你如何努力把它塞进去，

有一天，当它需要好好睡一觉，

它会从你记忆的缝隙当中穿过，

消失不见。

南极洲的布莱克

我的姐姐打来长途电话：
布莱克没保住。
绝症。消瘦又受罪。
常见的心脏病。
我以为你想要安葬他，
她说，眼泪汪汪地。
所以我把他用红绸子包裹起来
放在冰箱里头。

噢布莱克，直截了当的名字
从未被小姑娘们抓弄过，
黑猫沿着屋顶一路潜行
穿戴着玩偶的帽子和围裙，
噢害羞的毛绒脸的玩偶
经受了崇拜和抨击，
时常缺乏揉搓，
噢对着月亮嚎叫——
沉迷不悟，走偏了道的弃婴，
神经兮兮的占星师
他们预测了灾难
随即造就了它，

噢夜半的天色
夜半忠实的伴侣，

哦枕头猪猪，

带着你活生生的肺的呼吸，

而今你在哪里？

在冻汉堡

和鸡翅之间：食肉动物的

天堂，躺在红绸子内

一动不动，如同待在

白金殿堂内的法老，或瘦骨嶙峋的

穿着御寒派克大衣的南极探险者，

他终究未能幸免于难。或是

（让我们直面于此）一大包

鱼。我希望无人

前来用餐

误把你打开

这是怎样的羞辱，竟被等同于

肉类！像猫一样，你厌恶

如此这般的荒谬绝伦。你渴望

公平，在备餐的时候且在一锅

片开的牛肉炖肉汁

跟前。

你想要那些

即将来临的事物

13

（即便是，死亡。荒谬绝伦。降临在你身上。

也在我们身上。

公平乃是我们所需。

而后是慈悲。）

为猫而哀悼

我们为了死去的动物
而敏感异常。
我们变得情感脆弱。
但只为了那些长着毛皮的,
那些长得类似于我们的,
至少有一点。

那些长着大眼睛的,
眼睛在脸的前方。
那些长着短小的鼻子的
或适中的鹰钩鼻的。

无人为一只蜘蛛而哀伤。
或螃蟹。
钩虫不值得哭泣。
鱼也是。
对小海豹情有独钟,
还有狗,有时候是猫头鹰。
猫,几乎总是。

我们是否认为它们像死去的孩子?
我们是否觉得它们是我们的一部分,
动物的灵魂
隐藏于内心的一角,

毛茸茸的，可信的，

生机勃勃且潜伏着，

粗鲁地对待其他类别的生命，

多数时候是欢乐的，

并且也是愚蠢的？

（为什么几乎总是猫？为什么死去的猫

能唤起这么多荒谬的泪水？

为什么有如此深切的悲痛？

因为没有它们，我们将无法

洞悉黑暗？

因为我们会冷

没有了它们的皮毛？因为我们失去了

潜在的第二层皮肤，

当我们想要开心一下时

我们变成的那个人，

当我们想要毫不迟疑地

杀害什么，

当我们想要抛弃这一身乏味的

作为人的肥肉？）

一
月

白水仙那清新的气味：

一月，到处是雪。

如此之冷，水管结冰。

门前台阶滑溜溜的，很是危险；

夜里房子嘎吱作响。

你原本出入自由，

但一年的这个时候你总是宅在家里，

在送葬者般的皮毛下臃肿无比，

做梦都想要阳光，

梦到被杀害的燕雀，

黑猫不复存在了。

仅仅当你可以在

战栗的花海当中找到一条道路，

在没有任何食物的树林里，

回到结着冰花的窗子，

回到紧闭空气的门户。

蝴蝶

我父亲，九十年前，
在——我猜的——十岁那年，
穿过树林步行了九英里
去上学

在满是飞速游动的鳗鱼的
泥炭棕色的河那莎草茂盛到
足以湿脚的岸边，
离开那抖动的黑蝇的矩阵，
在他磨破的衣袖尽头
那双手又宽大又敏捷。

在这条路上他留意到了
一切：蘑菇和粪便，野花，
蜗牛和鸢尾，石松，蕨类和松果。

这可能是种无穷无尽的
吸取：在求知的欲望和
赞美的需求之间
并无缝隙

有一天他见到了在滞重的河流下游
漂浮着一段湿透的木头，
上面停着一只蝴蝶，像眼睛一样蓝。

那是一个瞬间（我后来听说）
让他改变了自己的视角

进入那显微镜和数字的
难以捉摸的世界，
西装领子上的别针，汽车，流浪汉，

远离那十英亩
缓缓消逝的原始森林
他从未被称为穷人，
而那棕色曲折的河
正是他在那之后
总是徒劳地想要回归的所在

我的母亲日益衰弱……

我的母亲衰弱着衰弱着
且活着又活着。
她那强健的心脏促使她
如同一只无心插柳的马达
历经了一夜又一夜。
每个人都说：这不可能，
但事实如此。
这就像眼看着一个人溺亡。

如果她是一艘小船，你会说
月光透过她的肋骨
和正午的方向盘而发亮，
当然她无法被说成是漂移不定的；
有些人在那儿。
她那失明的双眼照亮了她的路途。

屋外，在她疏于管理的花园内，
野草几乎肉眼可见地疯长：
龙葵，秋麒麟草，蓟草。
每回我将它们砍倒
另一波的长势蜂拥而至，
高至她的窗口。
它们缓缓地侵入砖墙，
压住围墙和步道，

摧毁她的边界。

她的口头禅

也自行摧毁了。

今天，在长达数周的沉默之后，

她造了个句子：

我不认为。

我握住她的手，我低声细语，

喂，喂

如果我说的是再见

如果我说：那走吧，

她又会怎样？

但我无法这么说。

我发誓看着这一切发生，

不管那意味着什么。

我可能告诉她什么呢？

我在这里。

我在这里。

蟋蟀

九月。野紫菀。美洲葡萄，
又小又苦，
冬天靛蓝的味道
已经在它们内部弥漫。

屋子被蟋蟀占据，
它们为了取暖而进入。
它们潜入灶台
躲到冰箱后头，
在地板上攒行，
相互应和唱着：
这儿，这儿，这儿，这儿。
我们一不小心踩了它们，
或捡起它们，成打的它们，
成打的蠕动着的黑色良心，
然后把它们扔出门外。

没有东西给它们吃，
不是跟我们一起。再也没有粮食或谷仓。
只有桌子们和椅子们。
我们变得过于富足。
在屋内，它们因为饥饿而死去。
等着，等着，等着，等着，它们说。它们害怕
它们将会冻毙。扫帚底下

它们的黑色盔甲。

蚂蚁和蚱蜢在

我们的动物寓言里拥有一席之地：

前者积攒钱财，后者

浪掷，我们守住中间地带，赞许

蚂蚁（在前），热爱

那（核心的）蚱蜢，

仿效它俩；为何选择？

我们积蓄且浪掷。

至于蟋蟀，它们被

审视。我们在

我们的灶台上没有蟋蟀。我们没有灶台。

不止如此，它们在

寒冷的夜半吵醒我们，

我们架不住那小小的、怯弱的声音，

小小的时钟悄然而逝，

廉价的；小小的马口铁做的纪念品；

晚了，晚了，晚了，晚了，

在床单的某处，

在弹簧床面上，在耳朵里，

在一大群作为我们的心跳

而回归的饿死鬼当中。

II

诗人回来了……

诗人回来继续做个诗人了
在做了几十年的正人君子之后。

你不能兼而有之吗?
不。不在公开场合。

你可以,来一次,
回到上帝依然在雷鸣般地复仇

并嗜好鲜血的气味之时
还未纠结着模拟两可的宽恕。

然后你可以散布奉承与赞美,
戴上你的蛇形项圈,

并以虔诚的合唱
赞美你那些敌人的粉碎的头骨

没有恭恭敬敬的笑脸,没有饼干的烘焙,
没有我真的是个好人。

欢迎回来,我亲爱的。
是时候恢复我们的警觉了,
是时候打开地窖门了,

是时候提醒我们自己

诗人的上帝有两只手；
灵敏的，邪恶的。

心
脏

有些人出卖他们的血液，你出卖你的心脏。

不是别的什么或灵魂。

最难的部分是把那该死的东西弄出来。

某种扭转的手势，如同剥开一只牡蛎，

你旋转一只手腕，

而后，哇！它在你嘴里。

你把你自己的一部分翻出体外

如同海葵咳出丽石。

而后扑通一声，喧闹的

鱼群涌入桶内，

然后是，一大团深红的血块

自尚还鲜活的过往一闪，整个儿都在盘子里了。

它在众人当中传递。它是湿滑的。它被放下，

但依然有人试吃。太粗糙了，某人说。太咸了。

太酸了，另外一个说，做了个鬼脸。

每一位都瞬间化身美食家，

而你静立在墙角

谛听着这一切，像一位新雇来的招待，

你那只异常的、灵巧的手捂住深藏在

你衬衣和胸口之下的伤口，

害羞地，没有心脏地。

你
的
孩
子
割
破
了
他
们
的
手
……

你的孩子把手伸到镜子后头
够那里藏着的心爱之物时
割破了他们的手。

你没料到这个：
你以为他们想要欢乐，
而非割伤。

你以为欢乐
会简单地出现，毫不费劲
无需付出任何辛劳，

如同一只鸟儿鸣叫
或者道旁的花
或者一群银光闪闪的鱼

但现在他们因爱
而割伤了自己，偷偷地哭泣，
而你自己的手在发麻

因为对此你无能为力，
因为你没有跟他们说不要这样
因为你没想过
你需要提醒他们

现在满地都是碎玻璃

你的孩子站在那里，满手鲜红

依然紧握了月亮和回声

和空虚和阴影，

像过去的你一样。

胡安娜在花园劳作

做园艺活儿的时节又到了；为了诗意；为了从胳膊
到肘浸泡于残存的
积水，泥巴中的双手，在细根中
摸索，球茎们，丢失的大理石雕像们，幼虫
失灵的鼻子，猫的粪便，你自己未来的
骸骨，任何在哪儿都超负荷的
东西，黑暗中暗淡的光亮。
当你光着脚站在裸露的土地上
闪电刺穿了你，一下子
有了两种路数，他们说你脚踏实地，
而诗意正源于此：一根滚烫的电线。
你也可以将餐叉插入墙上的
插座。所以别想着这只关乎花朵。
即便是，一方面来说。
你将这个上午耗费在那些寄生
植株上，那些热气腾腾的牡丹，
那些怒放中的百合，
毛地黄的叶子闪着微弱的光如同被锤打的
铜，多刺的楼斗菜那安安静静的裂纹。
剪刀，不祥的泥铲，独轮手推车
黄色的迟钝的，草叶
像离子一样呼啸而过。你认为那不会
逐步达到某种境地？你应该戴上橡胶
手套。雷声在羽扇豆的尖头上酝酿着，

它们成团上升，花粉与在那些

不曾安宁的花瓣上的卷曲的

复苏。你的胳膊嗡嗡作响，头发

缠绕在上面；只是碰了一下你就撞了上去。

现在太晚了，土地开裂，

死者上升，发出颤音且蹒跚而行

跌跌撞撞在末日的

阳光当中，毛茸茸的天使聚集

在你全身上下如同成群结队的蜜蜂，你头顶的

枫树褪去它们通往天堂的震耳欲聋的

钥匙串，你炸裂的音节

将草地弄得一片狼藉。

猫头鹰与猫咪，一些年过后

所以我们又来了，我亲爱的，
来到我们多年前离去的同一片
沙滩，那时我们发过誓言，
但不包括——现在——那么多头发，
或毛皮或皮毛，无论如何。
我喜欢这副双焦眼镜。他们让你看起来
比你自己更像只猫头鹰。
我假定我们都来自远方。但

我们究竟来自多远的地方，从我们出发之地，
在新近悬挂的月亮之下，我们何时造出
如此惊悚的情节？正当我们想着
一些意义依旧可以依靠歌唱
完成，或赢得，如同奖杯。
我占据围栏，你在树梢，在那里我们
嘲骂着，嚣叫着，将我们肉食动物的
滚烫的心驱赶出来，然后看到，
我们确实得到了奖赏：就在那儿，
一个卷轴，一只金表，一次来自
站在一旁的缪斯
所拒绝的握手，她本人无法来临，
但表达了遗憾。而今我们对彼此
风尘仆仆的夹克
可以说些奉承话。到底是什么

让我们认为我们可以改变世界？
我们和我们清晰标识的标
点符号。现在是一把机械手枪，——
那会是不一样的。不再有油腔
滑调的形容词。直截了当地用动词。
艺术恒久，用词简洁。诗歌的
生涯促成了对于行动的
饥渴，是那种最寻常的
方式。将蒲公英的脑袋击落，
或蝙蝠们或官僚主义，
打碎车窗。尽管

至少我们忍耐过，
甚或庆贺过——那意味着
在对锯末的光亮那惊鸿一瞥之后
产生的短暂的雀跃，
而你的脸过后被用于做火腿鱼卷——
但多数情况下为这芸芸众生
所忽略，它最终自己承认
对于艺术并没有多上心，
还不如围观一次精彩的内脏移除
在任何一天。正如你父亲所期待的，
你应该成为一名牙医。你

需要关注度，依旧？在一次高峰的红绿灯期间
脱掉你的衣服，嘶喊着下流话，
或射杀某人。你会
让你的名字上报纸的，也许，
为那些值当的事。在任何情况下

我们都从哪儿全身而退呢？
这是我们被夸赞得太多的
微不足道的才能，被擦拭得像银
勺，直至它至少比
霓虹灯还要闪耀，真的
比获取吃香肠大赛冠军的
才能要好得多，
或者同时杂耍六只碟子？
这些技能到底有什么用？
让死者复活，移动石头，
或者让动物哭泣？我

想着你，在夜里迈着大步
去往杂货店，去买你那品脱装
牛奶，你那六只中等大小的鸡蛋，
你的脑袋里塞满了和平共处的念头
如可爱的鹅卵石
你从亮闪闪的河滩上捡来的

你记不得——我这戴着羽毛

头饰的傻子，你在你那几乎空空荡荡的

兜里都装了些什么，能吸引来哪怕最卑贱的抢劫犯？

谁需要你泛着微光的

手中的空气，你的狐火，你那点儿

仅在月夜奏效的水下的

水晶小把戏？

正午撞击它们，将它们一分为二，

老骨头和泥土，老牙齿，一捆

阴影。有时候，我知道，那些近乎神圣的

纯白就根植于我们的骨骼之中，散布着

如同蓟类在空茫之中，一种热烈的粉末状的

爆发，那不是荣光

且在间隙中回归

如果我们心怀感激或恰好走运，且

将最终引爆我们的神经。然而

歌唱是我们不能

放弃的信仰。

任何事物都能成为圣者

如果你足够努力地对它祷告——

空间，茶杯，狼——

而我们想要的是调解，

那色彩斑斓的丝带

曾经将歌儿与事物联结。

我们感觉到所有的一切

都在成为它自身的边缘盘桓：

那棵树几乎就是一棵树，那条狗

冲着自己嘘嘘便不会是条狗

直至我们留意到它

喊着它的名字："这里，狗。"

也因此我们站在阳台和岩石

山顶，尽我们所能地嘶吼，

于是这世界出出入入于存在的

摇曳不定，

于是我们以为它需要我们的应允。我们

不应讨好自己：确实

附近还有其他的路子。我们对于

任何误入歧途的

狂暴的狗杂种或掷石或癌一样的

射线，或者我们自己的

身体心怀怜悯：我们在死亡的牵引中

被生下，年复一年地它把我们推向了

我们要去的地方：沉沦。但

无疑那依然有我们需要去

完成的工作，至少是

需要打发的时间；举例而言，我们应该

庆贺内在之美。园艺。

爱和欲求。渴望。孩子。不同类别的

社会公正。包括恐惧与战争。

描述令人生厌的东西。现在

我们抵达那里。但是这实在

过于悲观！嘿，我们彼此

成就，一个屋顶，以及平凡的

早餐！奶酪与老鼠！对于

我们这种人，另一方面，它常常更糟糕：

一只丢弃的靴子，下了毒的肉，或被

翅膀或尾巴扯到墙边

或沟里，并强迫你跪下

打爆你的脑浆，飞溅在

我们这些人所钟爱的大自然当中——

在其他百万人众的伴随下，

就这么说吧——

在什么名义下呢？什么名词？

什么上帝或国度？这个世界变成了

一个巨大的深邃的荣耀的元音，

正躲在那发霉的旗帜后边，标语

常常与**死者**押韵，

一些老家伙坐在那里挣钱。所以

老实说。谁想听那些个？

上一回我那么做，亲爱的，

听众是麻雀们。

但我不需要告诉你。

更糟糕的是，现在我们德高望重。

我们在选集里。我们在学校被当作教材，

伴随着洗白了的简历和歪斜的照片。

我们是傻瓜表演的一部分了，现在。

十年之内，你将出现在邮票上，

在那儿任何人都可以舔你。哈

好吧，我亲爱的，我们破了个洞的

贡达拉，将我们送出这么远，

我们和我们的纸吉他。

不再是半死不活的，而是脱了毛的猫头鹰

和得了关节炎的小猫仔，我们

精疲力尽地穿过最后的防洪

沙堤，前往那盐津津的

开阔洋面，那扇狗头门，

那之后，湮没无闻。

但是歌声传来，歌声

传来，有人还在我们身边

倾听。比方说鱼。

无论如何，我最亲爱的，

我们依然拥有月亮。

诗人们锲而不舍

诗人们锲而不舍。

摆脱他们很难，

即便天知道已有过尝试。

我们经过站在路边

拿着乞讨碗的他们

一个古老的习俗。

现在里面除了干瘪的苍蝇和区区几个钢镚儿

什么也没有。

他们目视前方。

他们死了吗，还是什么？

当然他们长着一副比我们懂得更多的

烦人的模样。

多了些什么？

是他们孜孜以求的事吗？

吐出来，我们向他们发出嘘声。

稀松平常地说！

如果你试着要一个简单的答案，

那正是他们装疯卖傻的时候，

烂醉如泥，或穷困潦倒。

他们把这些习俗在

过往确立，

那些黑毛衣，那些纹身；

如今他们无法剥离它们。

而且他们的牙齿有些问题。

这是他们的负担之一。

他们可以去看看牙。

与此同时，他们的翅膀也有些问题。

那些日子里，在飞行方面

我们已经许久没有从他们那儿得到什么消息了。

再也没有翱翔，没有光亮，

没有嬉戏。

他们到底付出了什么？

（假定他们得到钱了。）

他们无法离开地面，

他们和他们泥泞的羽毛。

如果他们飞起，只能向下栽，

进入潮湿晦暗的土地。

走开，我们说——

带走你无聊的悲伤。

这里不需要你。

你已经忘记如何告诉我们

我们何等崇高。

爱何以成为答案：

我们总是喜欢那个。

你们已经忘记如何亲吻。

你们已经不再明智。

你们已经丧失了你们的体面。

而诗人们锲而不舍。

没了坚韧不拔他们什么也不是。

他们无法歌唱，他们无法飞翔。

他们只能单足跳和呱呱叫

把自己撞向空气

好似在牢笼之中。

并说说那些古怪而无趣的笑话。

当问及此事时，他们说

他们说他们必须说的。

天呐，他们真自命不凡。

即便他们知道些什么。

他们确实知道些什么。

一些他们正窃窃私语的事情，

一些我们不怎么能听清的东西。

关于性吗?

关于尘埃吗?

关于恐惧吗?

诗歌朗读

看着那位诗人——那位著名的诗人——

洗劫他的内在，摊出

他所有破坏性的想法

和无耻欲望的库存，

他那恶心的仇恨，他那软弱但尖锐的欲望，

你不知道是否值得轻蔑或喜悦：

他在为我们做着告解。

他用一件柔软的套衫将自己裹住，

挑战性地不是黑的，而是嫩黄

像一块果冻冰糕，那颜色

当你不想被认作性别歧视便会买来给刚学步的宝宝，

而他那张长着忧心忡忡的前额的脸

在后台黑暗的舞台上方悬浮，

那模样有点朦胧

像是太阳自雾中呈现，

而你理解了这张脸何以造就，一度，

当他还是个焦虑的小男孩

小心翼翼地踮着脚，盯着镜子看

问着，为什么我不能好好的？

然后是，那真是我的亲生父母吗？

然后还有，为什么爱如此伤痛？

甚至后来，谁导致了战争？

你想要把他拥入怀中

并告诉他一大堆谎言。

普通人不会问这些事情，

你也许会说。我们不如做个爱。

你知道女人比你蠢

为所有无论是精神的还是灵性的疾病

提出了这个解决方案。你发誓永远不那么做，

所以你在这里破了个大例。

但他只会答复，

我已经告诉你我的伤疤和冲动，

我肮脏的痛苦，我缺失的尊严——

我只会给你脏东西。

干吗来烦我？

对此你这样回答：

没人让你这么干，

这胡乱摆弄的音节和伤害，

在蓟丛中裸身翻滚

用你的舌头挨个舔指头。

你可以做一名砖瓦匠。

你可以做个牙医。

坚如磐石的。无动于衷的。

但那不管什么用。很多砖瓦匠
在空无的绝望之外用霰弹枪
将自己的脑袋轰飞。在牙医当中这个比例更高一些。
也许这是替代性的，这首诗。
也许从他身上列队而出的
这一连串的词正如剥开的静脉
是将他和这个地球寥寥可数的平方英尺
牵连在一起的东西

所以你继续观看，当他在自责的狂喜中
对自己严加批评；
现在，他正去够自己的内衣，
全毛衬衣，链子——
注意，那是一些隐喻——
无论如何之后你能看到
它运用了冷工艺，如同处理珠饰
或去除马鲛鱼的内脏。
这期间有技巧，或花招。

但当你感到被愚弄了
他的声音突然切入，有一个小盹，
还有微笑，还有停顿，
而你感觉你自己吸入一口气
像空气中的一团雾猛击你，
然后你参与了鼓掌。

她蹲着，光着的脚
张开，不
体面；短裙在脚踝处卷起。

她的脸皱巴巴有裂纹。
她看起来很老，
比任何东西都老。

她或许三十岁。
她的手也皱巴巴带裂纹
且不雅观。她的头发藏起来了。

她用一根棍子比划，费力地
在湿漉漉灰扑扑的地上，
焦灼地皱起眉头。

巨大的粗壮的字母。
在那儿，结束了。
她的第一个词距此甚远。

她从未想过她可以做这个。
不是她。
那应该是为了他人准备的。
她抬起头，微笑

47

如同在道歉，

但她没有。不是现在。她做得对。

这些污泥在说些什么？

她的名字。我们无法辨识。

但我们可以猜。看着她的脸：

愉悦的花朵？明亮的那个？水面上的太阳？

猫头鹰歌手

猫头鹰歌手遁入黑暗。

再一次地，他尚未获得褒奖。

就像在学校那样。

他偏好昏暗的角落，用其他动物的羽毛和耳朵

隐藏起自己，

并想着长元音，和饥饿，

及厚雪的苦味。

那种心情并不吸引光亮。

我怎么样？他问阴影。

目前为止它们是树的影子。

为何我这么浪费我的生命线？

我对着你的沉默打开我自己。

我允许冷酷无情

和纠缠我的羽毛。

我吞咽老鼠。

现在，当我到达尽头，语词被

掏空，喘不过气来，

你没有帮助我。

等一下，猫头鹰无声地说着。

在我们当中这是无价的。

你出于必要而歌唱，

如同我。你为我歌唱，

49

以及我的门票，我的月亮，我的湖泊。

我们的歌是夜晚的歌。

极少醒着。

III

被射中的鸟从空中坠落，

其他的留意到了：

它们想知道发生了什么。

树叶沙沙作响，鹿抽动着它们的尾巴，兔子们

转动着它们的耳朵。

食草动物埋伏了起来，食腐动物

舔着它们的牙齿。

溢出的生命不会让它们感到恐惧。

什么在警示我们？什么是我们赖以生存的？

我们将一切吸收，

一个伤口接着另一个。

碎石碎石，枪支们说。

我们的脸发着微光在草丛中闪现，

夜晚如烟升腾。

喔藏起你的眼睛——

比坐在一个封闭的房间里强，

门锁着，电器拔去电源，

空空如也，除了你去年夏天买回的

尼亚加拉瀑布的景观照片——

所有这些令人平静的水

像温暖的绿太妃糖浆倾泻

53

在悬崖边缓缓而下

试着不去看那瘦弱的泳者，
或呆在他们黄色小船里的两个孩子。

天气

我们曾观鸟；
现在我们观察天气。
白云，松软如枕头，
灰色的那些像巨大的拇指，
深色的，带着沮丧的肥胖。

一度，我们不觉得烦扰。
我们有雨伞，和房间。
但当我们看向其他地方，
战争或其他方向，
天气突然在我们身后出现
如同蛇或恶棍或豹子，
然后逃逸。

为什么我们这么不小心，
我们问自己，当天气在地平线上
开始翻腾，绿的
和黄的，用沙土、残肢和破
椅子以及叫嚷，加重它自己。
它苏醒时我们枯萎或沉沦。
我们如何将它塞回
它那曾显得那么小的
麻布袋或瓶子？
谁让它出来的？

假如天气总在倾听
那不是冲着我们。
是我们的错吗?
是我们的呼吸造就了这个事故吗?
我们想要的只是快乐的生活,
并让它们像过往一样顺势而为。

风势消停。一片寂静,
空中有半个小时的安宁。
而后天气光临
——再度,再度——
一种巨大的不间断的嘈杂声
将一切都压在底下,
烤糊了空气。

它是瞎的聋的巨大的,
且没有自己的主见。
是它吗? 是它又怎样?
假使你得对着它祷告,
你会说什么?

这
是
秋
天

这是秋天。坚果啪啪落地。
山毛榉果子，橡果，黑胡桃——
树木的孤儿裹着他们的厚衣服
落到地上。

别去那儿，
进入那褪色的橘树——
那里充满了身穿迷彩服
偷偷摸摸走动的
愤怒的老人
假装没人看得到他们。

他们当中有些甚至还没老，
只是前额有些炎症，
要不就是喝醉了，
但有些事因为他们的嫌恶
而遇到麻烦，他们显而易见的伤感：
越超乎寻常地新鲜，越好。

他们会抨击任何行动的征兆——
你的狗，你的猫，你。
他们会说你是只狐狸或臭鼬，
或鸭子，或野鸡。也许是头鹿。

他们不是猎人，这些男人。
他们没有任何猎人的耐心，
没有自责懊恼。
他们确定他们拥有一切。
一个猎人知道自己借了东西。

我记得那漫长的几个小时
蜷缩在高高的沼泽地的草丛中——
低低的天空空荡荡的，水静默无声，
远处的树有着静寂的颜色——
等着翅膀们扑簌而过，
多半期望无事发生。

熊
之
挽
歌

你曾经相信如果你可以仅仅
蜷入一头熊的体内，它的脂肪和毛皮，
用它粗硬的舌头舔舐，拥有
它那传统的身形，它的大爪子
大爪子大爪子大爪子
沉重的脚印拖着走让
整个世界的工事坚固无比，这会

挽救你，在危急之中。让你进入
它那巨大的隐秘的冰雪熊
屋，如同古老的故事所言。在那裂开的
缝隙中。那将分享
它毛茸茸的冬季梦境，帮你避开
所有空中那尖锐的、致命的
弹片，和之后数以百万计的
切割和言语和火焰
和病毒和刀刃。但不，

不再有了。去年我看到一只熊，
在天空下，一只白的，
还像它之前的体重时那般
暴躁。但它已经像肋排一样消瘦了
并将越发消瘦。嗅着最近那些
对胃口的食物的缺失

它尝起来就像是空洞又贫瘠的空间

被削去了意义。所以，那儿

不太舒适。

噢熊，现在呢？

是否那土地还将

坚持不懈？那还有

多久呢？

冰雪宫殿

另外一座冰雪宫殿。另外一个
所有的欲望
被命名和创建的
半伊甸园，
几乎令人满意。**旅馆**
也许是一个精确的标签。

不是用玻璃和杏仁蛋白软糖
和钢铁做成的，还有宝石色的水，
还有像发散磷光的深海鱼般闪耀的
欧泊明胶，正如
你也许首先可能想到的那样。但不，

那只是梦，那只是
呼吸的云团凝结成的
词语：那沉重的床，那仅有
你可以吃的早餐。看不见的手
带来的食物，将床单

抚平，打开灯，
让小提琴催甜蜜的空气
入眠，清理干净你在搪瓷淋浴花洒上
留下的成团的头发，
当你不在时往你枕头上

摆上一朵玫瑰。那儿
正是心怀恐惧的野兽主演
并祈求亲吻的地方？
那儿是身体一度与
所有的手牵连的地方？
后台往往是场大屠杀。
红色花瓣在地上。
你希望它们是花瓣。不要打开
那扇被禁止的门，
那扇门写着

仅供员工使用。不要看向
那最后的最小的房间，噢
亲爱的，不要看。

秘密　　　　秘密流淌过你，

一种异样的血液。

你就像吃了块

变质的糖果一样吃了它。

将它放进你嘴里，

让它在你舌尖上甜滋滋地融化，

然后允许它滑入你的喉咙

如同完全的逆转，

一个词被融化

变成了声门发音和齿擦音，

一个缓慢吸入的呼吸——

而后它在你体内，秘密。

古老且凶险的，像黑天鹅绒一样

满足感官。

它在你体内开花，

墨水造就的罂粟花。

你想不到别的什么。

一旦你拥有，你想要更多。

它给了你怎样的力量！

知道且不必被知道的勇气，

石头门的勇气，

铁面纱的勇气，

被压碎的指头的勇气，

从井底最深处哭号出来的

溺亡的骨骸的勇气。

最后一位理性的男人坐回到他参议院的老位置上。

他不确定他为什么还在这儿。

他必定被列入了某些名单或别的什么。

去年有更多像他一样的人们，

但他们一个接着一个地被摘除。

他每天洗澡，并练习舒缓的呼吸

和隐忍的信条。

~~丧失你的平静~~，他提醒自己，

你将失去一切。

尽管如此他越来越倦怠。

努力地一言不发让他日益损耗。

其他人穿着他们那有钱人的外套

小心翼翼地调侃，围绕着的话题

范围越来越小；即便谈论天气

都是危险的，太阳也是，

既然皇帝宣示控制这个

以及那个。

他来了，和他那些喋喋不休的

雇来的随从一起，温吞地焦虑；

作为一辆品味差强的二轮战车，他富有且闪耀

刚刚新崭崭地凯旋。

他带着笑意微微地举起他闪亮的指头：

几篮贝类倾倒于地，

最后一位理性的男人

在卡利古拉当政期

65

房间里满是软体动物的臭味。

看，皇帝说，那是珍宝！

在我的超强神性的力量下

我制服了海神！

他眼中带着恶毒的光芒

像正在撒谎的疯汉，

知道实情，依然胆敢自相矛盾。

其他人欢呼。最后一位理性的男人

强迫自己跟着欢呼。

皇帝的盯视透过嘶吼的空气

钻出一个洞指向他。

而后他们在皇帝的马匹的导引下，

像个肚皮舞者一样被花环环绕。

我让他当参议员！

皇帝带着颤音说，欢迎你的新兄弟！

最后一位理性的男人发现自己站了起来。

当他张开嘴他能看到

红色的洗浴水，他自己划开的手腕，

他的房子被洗劫，他的儿子们没了脑袋。

那只是一匹马，他说。

那句话绝望地悬挂在

那里，如同一个城市的横幅标语

已经告败，向着劫掠者臣服。

在何种程度上，最后一位理性的男人想，

像这样一个地方还能说，还，存活着？

沉默在他的脑袋

周围结晶了，像冰之光环。

他站在那里。

除了皇帝没人看他，

后者朝他微笑，带着近乎同情的情绪。

白棉T恤

白棉T恤：一件纯真无邪的衣服。

它从战乱中走向我们，但我们不知情。

对我们来说它是夏天的外衣。

比白更白，白得发亮

因为它曾经浴血，但我们不知道，

而歪裁的袖子，紧紧地卷起

袖口，用以塞入香烟，

他们的兜内也是白的，也纯真无邪，

如同白裤子，白色活动折叠车篷，

浅金发的寸头，

以及白的，有着轻盈笑容的年轻人的

白牙齿。

无知导致了一切事物洁净。

我们的知识拉着我们向下坠。

我们想要它离去

所以我们可以穿上我们的白T恤

再度驾车经过那些我们读不出名字的

黎明时分的街道，但这不碍事，

经过那些碎玻璃和砖头，经过了

一些小心翼翼而又穷困潦倒的脸，

那些露齿而笑带着发黑的牙齿，

饥饿的狗和黏人的孩子们

以及松松垮垮的衣服

曾经是男人穿的，

享受着晨起的空气

在我们干净、晒成褐色的皮肤上，

以及我们手中拿着的白色，白色的花朵，

相信——依然——它们是和平的花朵。

战
时
照
片

尘埃弥漫的路上被丢弃的死去的女人

非常美。

一条腿张开，另外一条蜷缩，脚指

向膝盖，胳膊伸过头顶，手

松松地摆出了一个可爱的姿势

也许是学习了多年

仍未有成就的舞者。

她的紫袍被摆放成

正在颤动的模样；

她的脑袋扭到一边。

周边还四散着其他死者

如同被风吹倒的树，

左边战斗之后的男人们醒来

为了某个更大的目标杀出一条血路

但他们现在已经记不清了，

但这位吸引住我的美丽女人，

在地上以那般的完美

舞蹈

喔死去的美丽女人，如果有谁

拥有将我从绝望和干枯的无助中挣脱出来

进入祈祷者内心的力量，

那会是你——

与之相对应我会为你做
我唯一会做的事：
即便我将无法获知你的名字，
我不会忘记你。
看：在那尘埃弥漫的地上
在我手下，在这些廉价的灰色报纸上，
我将放一块小石头，在这儿：
O

战时照片 2

即便你还幸存着，
我们将不会谈及。
假定我们共享一条道路，
一辆车，一条长凳，一张桌子——

也许你将会给予我
一片面包，一片柠檬。
或其他让人感到不祥的预感，
或恐惧，或空无。

现在即便像是我正在提问
而你正在回答：

为什么这棵树奄奄一息？
它死去是因为缺乏真相。

是谁填上了真相之井？
那些带着枪的。

假如他们不必用枪便杀了所有这些人会怎样？
而后他们将彼此杀戮。

何时才会有怜悯？
当死去的树开花。

死去的树何时才会开花?

当你拉起我的手。

这就是那种仅仅在诗句中

才会发生的事。

你疑心我是对的:

我无法为你宣示你的缺席。

(而后为何我可以如此清晰地听到你?)

没
人
在
乎
谁
赢
了

没人在乎谁赢了战争。

他们在乎那些时刻：

他们喜欢游行，欢呼声；

但在那之后，输赢消失了。

搁在壁炉架上的银杯

镌刻着某个年份；

一堆从尸体上割下的纽扣

作为战利品；一些你在极度的愤怒

中做过的羞愧之事被推向

看不见的地方。

噩梦，一点儿赃物。

关于它没太多可说的。

那是一段好时光，你想。

我从未感觉那么有活力。

尽管如此，胜利让你困惑。

有一天你会忘却你将它置于何处，

虽然更年轻的人们会为它演讲

如同他们也曾去过那里一样。

当然了，赢比不赢

更好。谁不乐意呢？

失败，当然。那是另外一回事。

挫败感像一棵怪异的蔬菜生长，

膨胀到无法用言语形容。

它会一直伴随着你，在地下蔓延，

跟着那些消逝的东西一起延续：

你的儿子，你的姐妹，你父亲的房子，

那些你应有的生活。

它不会留在过去，失败。

它侵入当下，

它玷污了晨间的太阳

燃烧中的土地的颜色。

最终它打破表层。

它炸裂，它炸裂成歌。

长歌，你懂的。

它们绵延不绝。

异端的山谷

吕贝宏山谷，普罗旺斯

这是个异端的山谷：一度与
世隔绝，现在被
入侵者的势力占领。包括我们自己。
套着我们的金属外壳我们去看那些景致：
一条绿色的河流；一个百年历史的喷泉
带着在石头中屈身，眼睛淘气的裸体女孩
象征着这个镇子的荣耀；一排排
舞动着的围巾和围裙；摆设着小古董的
带架的桌子——整副棋子和盐巴地窖
消逝的家族留下来的，石膏
蝉上贴着标签"工匠"，也许是台湾制造的。

我们尚未抵达那里。我们还在空气中一路前行
当芦苇丛和灌木在逆向时会损碎。
干燥的风猛烈地撞倒了我们；撕裂的塑料
袋如同恍惚的鸟儿们尖叫着一掠而过，
一阵强风猛吹着招牌，上面有一大滴鲜红的血
戴着白手套露齿而笑，还有其他海报，
一位穿着内衣的女孩舔着嘴唇傻笑。
那会是邪恶魔法
一度，任何地方的偶像都流行，但特别是这里
在神秘的山里，这粗砺的
岩石遍地的地方被山羊与巫术感染。

当我们穿越尘土飞扬的云团

它们侵入汽车并让我们的头发遍布粉尘，

细纹在我们脸上穿梭

如同看不见的壁画般飞速奔跑的胶片。

异教徒，占据着他们山顶的村镇，

被教化说身体是垃圾，

地球是由一位次要的，邪恶的上帝造就的——

因着这些思想他们被投入火中，在剧痛中

焚烧。我们希望不要相信他们

但在此刻这样起风的日子里我们将他们吸入

带着不安，一种预感：

他们的灰烬随处可见。

以圣乔安[1]为主题的明信片

这是乔安裹着她悔罪的床单
卸下盔甲，剪去头发，
被绳子一圈圈捆绑
像一只瘦骨嶙峋圆形的羊腿，

头顶着像是纸做的帽子，
像是报纸，但未印刷内容，
一只圆锥形的傻瓜帽。
一切都是苍白的，双手，光脚，
薄祭坛布，干枯且空白，
如同照明弹的中央一样惨白：
跟预言说的一样。

一些教士在她身上放了火把。
他们没有一个看起来乐意这么做。
一旦点燃，她将像一本书一样燃烧，
一本未竟之书，
像一间关闭的图书馆。

她左手边的两位天使
以及他们向她耳边低语的
热烈的口号——

---

1 即圣女贞德（Joan of Arc, 1412—1431），法国民族英雄，英法百年战争中的重要人物，其形象成为了西方文化的一个重要符号。

勇敢！向前！国王！
也将被燃烧。
他们的声音将枯萎且吹散
在敷衍的灰烬中，

一个脏笑话烧焦了的碎片
在人们不断地告诉他们自己关于上帝的
漫长而又放荡的讲述中，

而广场上的钟声将响起，
用他们的眼睛焚烧她，
既然每个人都喜欢一堆好篝火
和一次像样的哭泣，在那之后。

如果你现在读及她，
读那本关于乔安的书。
你会怎么看待她？
乔安，一位过度自信的信使，
或一个疯子，或像玻璃一样的球体
包含了故事中一处纯粹、简洁的段落
它们的结尾都丢失了？

你将添补那些翻译，
你和你的台灯那明亮的灯泡，
你和你明亮灼热的凝视。

受伤的孩子

受伤的孩子将咬你。
受伤的孩子将变
成一只可怕的动物
并在你站立的地方咬你。

受伤的孩子将长出一层皮肤
在你给予它的伤口上
——或许不是给予，因为伤口
不是一个礼物，礼物是可以
自由接受的，而那孩子没有选择。

它将在伤口上长出一层皮肤，
那累积的伤口，那传家宝一样的伤口
你将自己像颗子弹般射出
植入了它的皮肉——
一层皮肤掩盖了一次射击
一处烫伤的外皮，
而那如同扭曲的婴儿的
尖锐的鱼牙齿——
将反咬你

而你将令人恶心地哭喊
一如既往
将有一次打斗

因为你将打斗从那只标注了**打斗**的
盒子里取出来，你将它如此小心翼翼地保存着
以备不时之需，就是这个。

而那位受伤的孩子将会在打斗中失败
它将会远走高飞
去往荒郊野外，它将导致
药店的惊慌和烧烤
期间的混乱
而他们将说**救命救命怪物**
而后将登上新闻

而它将被狗
猎捕，它将留下一道
头发、毛皮、尺子，以及婴儿牙齿，和眼泪的轨迹
从它被玻璃或者别的什么
划破的地方开始

它将藏在阴沟里
工具房内，在灌木丛下，
舔舐它的伤口，它的愤怒，
你给它的愤怒
它将把自己拖到那井里

那湖泊那河流那水库
因为它渴了
因为它巨大
伴随着它那没完没了的口渴
看起来像是浑身布满了毛刺

而狗和猎人将会发现它
它会在山坳中站立
为了不公正而嚎叫
它会被撕开
他们会吃了它的心脏
所有人会兴高采烈
感谢上帝结束了！

它的鲜血会渗入水源
你将每天饮用它。

参观完一屋子达丹·克里斯坦托[1]的装置，1996

他们给出证据

在一间空屋子里

他们有十六位，八个男人，八个女人。

四人一排有四排

不幸的数字

他们全都是光头，

他们全都赤身裸体，

他们全都有着宽阔的肩膀，

粗大的手，健壮的腿，大脚丫。

他们的皮肤是灰白的，

灰棕的，

矿物色，灰扑扑且结痂的

如同他们曾被掩埋；

如同他们曾被掩埋过很长时间

并悄悄地挖出来，如同古代雕塑

看守着国王们的遗骸；

如同他们已经死了。

---

1 达丹·克里斯坦托（Dadang Christanto，1957—　），印尼艺术家，其职业创作大多取材于他在国内的经历以及印尼的本土文化。

但他们并没有真的死了。

他们的嘴张开着，即便里边并没有舌头；

他们的眼睛睁开着，即便并没有眼睛；

他们有安放舌头和眼睛的地方。

空荡荡的地方；

他们说着看着

用他们自带的空洞。

他们扛着空洞，

他们扛着空荡荡的衣服，

五彩缤纷且图案丰富，不褪色。

红的黄的蓝的，衬衫外套裤子，

塑成身体的形状，

那些衣服一度承载着

男人和女人，还有孩子

四个孩子，五个

孩子，六个，

很难说。

那些裸体的人们扛着那些衣服

从来不属于他们的衣服。

他们小心翼翼地扛着那些衣服

好似那些衣服已经睡着了，

如同那些衣服里消逝的肉体已经睡着，

空气般的身体。

小心翼翼地，他们拿出僵硬而又空荡荡的衣服

现在像是冰冻的花圈，像捐赠物。

像不幸的花朵。

他们说着什么，我想。

他们作证。

他们给名字命名。

那是你假定的。

或许那是首圣咏，

一位祷告者一个问题。

也许他们正歌唱着颂歌。

他们对谁唱着圣咏以及祷告呢？

他们在向谁提问呢？

他们面对的墙是空白的。

他们在唱着谁的颂歌？

也许他们是一种

新款的天使，秃头、无眼

且没有翅膀。

天使是信使。

也许他们带来了一条口信。

传递口信的天使们

很少有好运气。

（都是些什么名字呢？）

IV

挫
折
够
了

挫折够了，

你说。被腐蚀的骨骸够了。

为什么所有这些红色的湿漉漉的门票

指向了令人痛苦的剧作？

为什么毁灭以盒计量？

装满了大型仓库。

为什么你不能谈及花朵？

但我的确说了，我回答。

一瓣接着一瓣，雪莲和玫瑰

应季绽放，我告诉他们所有人——

叶子，根茎，繁复的花朵——

我依次赞美它们。

与此同时，我也谈及了日落，

以及白银般的拂晓，和正午。

我谈及在泳池边

吹长笛的年轻人

和跳舞的年轻女孩。

我举起喷泉，黄金做的梨：

如此柔和的奇迹。

你不想要它们，

这些彩色的香料。

你会被它们搞厌烦。

你想要重磅新闻，

大锤的重击，

尸体经由空气被击碎。

你想要武器，

金属上阳光闪耀，

城市倒塌，灰尘升腾，

铅灰色判决的抨击声。

你想要火。

除去我烧焦的羽毛

和这些到处拖曳的破烂不堪的长卷纸，

我不是一个天使。

我只是个影子，

你的欲望的影子。

我只是欲求的转让者。

而今你有你的。

可能的行动

你可以坐在你的椅子上，挑选词句

好似它是一碗豆子。

很多人那么做。

这也许是有所启发的。

你甚至不需要椅子，

你可以在空中杂耍碟子。

你可以将树枝戳入你的脑海中

铁链环绕的围栏，你一直让它在那儿紧锁，

它像只老乌龟一样蹲着、生气，

并怒视着你，缓慢地，不带眼睛地。

你可以那么戏弄它，

让它犯错且思考，

并发出呱呱乱叫的声音

你可以称之为真相。

一个毫无伤害的举动，

有点像编织，

直到你跟它走得足够远

他们才会拿出套索和火柴。

或者如果你可以做点别的。

那些更社会化的。

更集体导向的。

很多人也那么做了。

他们喜欢人群和尖叫，

他们喜欢肾上腺素。

稳住。关掉窗帘后的灯。

假装你不在家。

假装你是聋子和哑巴。

看：干草叉和火炬！

从老照片上断定，

事情会变得更糟。

质
问
死
者

进入一个岩洞的嘴里

挖一条沟，撕开一只

动物的喉咙，放血。

或者和其他人一起

坐在一张椅子上，在昏暗的房间里

围绕着圆桌。

闭上你的眼睛，握住手。

那样的技艺会被称作

英勇的，美柔汀[1]的。

我们不确定自己相信哪个。

或者在死者当中，当他们确实出现，

闻起来就像湿漉漉的头发，

摇曳着就像出了故障的吐司炉，

沙沙摩挲着他们纸巾般

的面部，他们的齿擦音，他们的缝隙，

拖曳着他们作假的纱布。

他们的声音就像落入玻璃罐的

1　美柔汀（Mezzotint），是铜版画表现明暗调子的一种新技法。发明之初目的是利用
这种富于变化、细腻的调子复制油画和素描。

小扁豆一样干燥。

为何他们不能清晰地言语

而是含糊地说着钥匙和数字,

和台阶,他们提到台阶……

为何我们总在烦扰他们?

为何我们坚持要他们爱我们?

无论如何我们想要问他们

什么?他们什么也不想说。

站在井边或池塘边

并丢下一枚鹅卵石。

你听到的那声音正是

你应该已经问过的问题。

以及答案。

哥
特
式
的
大
自
然

我指给你看一位在夜里的
树林中奔跑的女孩，那些树不爱她
仅仅是许多父亲的阴影

没有小路，甚至没有
撕碎的面包或白色的石头
在月下，什么也不跟她说。
我的意思是它说，没有。

有个附近的男人
说他是个情人
但闻起来却是个劫匪。
到底有几次他将不得不告诉她
要在她杀死自己之前杀了她？

去告诉这个女孩
毫无用处：你被保护得好好的。
这儿有个安全的房间，这儿
有食物和你需要的任何东西。

她看不到你所看到的。
黑暗挟裹了她
如同雪崩。如同坠落。

她将向着它跨进一步
如同它并非虚空
而是目的地。
将她的身体脱下
在她身后起皱如一只袖筒。

我是那个老女人
常常在那些故事中出现，如同这个，
说着，回去吧，我亲爱的。

回去就是进入地窖
在那里有更糟糕的，
在那里有其他人，
在那里你可以看到
有什么让你看起来像个死人
以及谁想要这样。

然后你将可以自由
选择。去寻找
你的路途。

那道线：五种变奏曲

Ⅰ）

那道线是条白线，
或者我们被告知如此。你将
它的一头系在一棵树或者床
或者门槛上，走着
走着，你逐渐
将这条线在你身后拉长

当你步入洞穴遇到
不管什么——

宇宙的病态意愿，
一位带壳的情人，
你自己脑袋的核——
浓缩的火焰，
巨大的，带角的，结痂的。

你屏住呼吸，
一次心跳
又一次。
熟悉的味道。

II)

那道线是生命线，

它将再次带领你

去往世俗。去往蔬菜

和性，还有蛋

和培根。饲料，泥坑，时间

如同通常理解的。

早餐，午餐，晚餐，

建筑，

所有那些

你在其他地方时

绝对不会错过你的东西。

那儿。感觉好点了吗?

III)

翻过田野而后那道线是黑的。

洞穴暂时失明。

一片空白，一场雪。

那怪物不是燃烧的煤块，

而是冰雪包裹的阴影。

它在哪里弄到了你?

从身体中取走，进入册页，

那道线那张网

在那里你跟上帝发生了冲突——

哦，纸做的食人魔——

在他的暴风雪中，

在他无中生有的

雪崩当中，

着手去做他的事，

从空无中拽出星星来。

IV）

那道线是为了钓鱼。

你钓走了大的那条，把它强拽进来。

你在它的挣扎中布网。

你将它写下，词

制造了词。你已造就了它，

他的所有作为和遭遇。它从

你的指缝间溜走，如同深酒红的血

得以自由。

哦哦，你剪掉了它的套索，

你已经让它自由。它随着

螺旋形的风吹远，它正在山顶上

咆哮：

时候到了！

呀！呀！呀！呀！

现在我们将开始屠杀。

V）

那道线被
你喂给了我们！真是个糟糕的故事！

下次把你的手放在
你自己身上！不要碰那些纸！
我们不需要战争过剩的历史
高高在上的神话围绕此地。我们不需要
更多的然后呢。

但你从不肯听从。
想想你是某种诗人。
现在看看你都干了些什么，
你和你该死的线——
闲逛着混日子。

你只是需要愚弄它。
你只是无法让它自己呆着。

1） 又一次拜会先知

如果我愿意

有那么多我可以告诉你的事。我做得越来越少。

我曾经一分钟唠叨一英里，

但我已然不得不放弃。把

卡路里换成言语太艰难了，

你也会发现的，如果你活得

够久。如果你活得像我一样久。

所以我不得不编辑。我得造就

格言警句。模拟两可的，他们说。

很快我将把一切归结为一个单词。

全都塞在那里，十分

浓缩以你的理解，如同一颗

特别迷你的黑星星。像一个黑

洞。像黏稠的潜在事物。像字母A。

你看得到我所说的神秘感。

我可以像这样坚持几个小时。数星期数月

数年数世纪数千年。可以且做了。

毕竟，那是我的天职。我的

命运。那，是精确翻译的

缺失。想知道你的未来吗？

但你宁可得到一个快乐的故事在

任何一天。至少你是这样说的。

2） 预言

　　　　未来将比过去既更好

　　　　也更坏。

　　　　什么未来？

　　　　你的未来，

　　　　那是诸多未来之中被暗示的一个。

　　　　什么过去？

　　　　你的过去。

　　　　那是诸多过去中被触及的那个。

　　　　你的未来和你的过去都处于你脑海之中，

　　　　因为除此之外他们能呆在哪里？

　　　　而你的大脑处于现在，因为

　　　　当你听到，"你的大脑"——

　　　　我刚刚提及的那个短语——

　　　　它就已经成为过去，

　　　　已不存在，只在

　　　　你的脑海中，就像我正对你说的这样。

　　　　预言因此而简单。

　　　　我只需要

　　　　存在于我的脑海，

　　　　你的大脑也在其中。

　　　　我可以在那里走来走去

　　　　就像在洞穴中，

被照亮的洞穴。

我可以看到任何特质。

这是一种模式。

它只是看起来像奇迹。

3） 他们曾经问我……

　　　　他们曾经问我各种各样的问题：

　　　　我是否将得到一个好丈夫

　　　　我是否将富有

　　　　孩子是否会好起来

　　　　等等。

　　　　现在只有这一个：

　　　　是否毫无希望了？

　　　　他们一次又一次地问。

　　　　即便天空还是像过去一样蔚蓝

　　　　花朵还是那么璀璨，

　　　　他们站在那里张着嘴

　　　　胳膊毫无用处地耷拉着

　　　　好像土地就要崩裂，

　　　　好像没有任何安全的避难所。

　　　　当然了，我说。

　　　　我厌恶绝望。

　　　　当然了还是有希望的，

　　　　希望遍布各处。

拥有源源不断的补给。

靠近边沿，你将看到。

就在那儿。

它看起来像白银。

它看起来像

阳光照耀在后脑勺上的你

像你的大脑正在燃烧。

那张脸黑乎乎的没有任何特征。

但那是光线的诡计。

那是希望。

那是未来的语态。

不要被骗了。

4）不要被骗了……

不要被骗了。

该怎么说那件事。

如同那儿并无阴谋。

放松，灯泡在歌唱。

它会很快好起来的，

电线哼唱着。

让你以为已经是春天了，

那么多轻松的曲调

带着爱迸发，所有这一切

都是机械性的。

谎言是我们呼吸的空气，

没有它我们无法存活。

你不期待事情好一点吗？

你不期待变得开心吗？

你不期待你的晚餐吗？

鼓掌并使劲期待。

那是我们吃的：

期待食物。

5）期待食物

期待食物放在碟子上。

它在抽搐，它还活着。

你不想要一个死去的念想。

那些很快变坏的。

但如果期待是鱼

我们会很快没了运气。

吃，吃，身体说：

饥饿感来了

像一阵干燥的风吹向你。

没人有个什么计划。

你将需要那脂肪，

所有那些肥胖的期待，

那些你吃掉的肥胖的梦境。

开始挖你的地洞吧。

你可以钻进去

然后你可以冬眠。

喊醒你体内的熊，

它就在那里。

6）为何我应该告诉你一切真相？

I）

为何我应该告诉你一切真相？

为何我应该告诉你一切？

你并没有付给我钱。

我这么做不是为了钱。

伸出你的手

你空荡荡的手。

我看到了。

如果我告诉你

你的掌纹所示的，

当我说它是空荡荡的，

充满了空虚，

你会感到懊恼。哦当然

不是，你会说。你过于

忧郁，过于严苛。

我这样做是为了帮你。

你还想要什么呢?

你想要我娱乐你吗?

跳个吉格舞[1]，或开个玩笑?

我缺少涌风。

我缺少羽毛，

那不是我做的。

我做的：我看

在黑暗中，我看

黑暗。我看你。

II)

我看你，

在黑暗中，走动，

我看到你匆忙的脚步，

这是你在日落的尽头

呆着的地方，

所有的宴会，

1　英国传统民间舞蹈之一，包括了众多舞蹈形式，包括众所周知的踢踏舞。

在你身后有条隧道
那里边有生活。
你过往的生活，
你的丝绸和花园的生活。
色彩闪烁。
整个城市在火焰中，

那就是我说的：
是时候出去了
带着你扛着的东西。
忘掉那些珠宝，
忘掉那些你曾有过的情人。
不要犹豫。
你可以发现其他手镯。

在你跟前的是什么？
是条河吗？
水流像油一样滑溜，
无声无息且无鱼。
一处沉默的堤岸。

这是我手边的所在：
我已经到达这里
以一种形态或者另一种。

我将帮助你到达边沿，

我将看着你跨过。

我知道可以贿赂谁。

不要害怕。

III）

不要害怕。

会有一条船，

在船沉没之后，

在你到达岸边之后

除却那正在沉没的船只，

在你遇到任何等待你的人之后，

爱你的人（可能），

在你进入我看不见的

地方之后，

我将讲述你的故事——

你的故事曾经如此荣耀

但现在已晦暗。

那就是我做的：

我讲述黑暗的故事

在它们成真的之前和之后。

V

船
歌

被推搡被争夺，

远没有足够的救生艇了：

那是显然的；

所以为什么不把最后那些时刻

用来演习我们的现代艺术

就像我们一向做的那样，

修建起一个可能错误的安抚的池子

于悲剧之中？

总有些什么是为此而说的。

然后给担任轮船管弦乐队的我们拍照。

我们都呆在自己的位置上，

拨弄着，弹奏着，标记着时间

用我们普普通通的乐器

当嘶喊与鞋靴践踏着过去。

有些人跳了下去；他们的毛皮和绝望

将他们坠下。戴冰爪的双手从冰面上划过。

我们在演奏什么？是华尔兹吗？

周遭过于喧闹

其他人无法清楚地辨别

或者他们过于遥远——
一支蓬勃的狐步舞，一首甜美的赞美诗？

不管它是什么，那是与小提琴同在的我们
当灯光暗淡而巨轮下沉
水逼近了。

尽
职
的

为什么我变得如此尽职？我是从来如此吗？

像个孩子一样拿着小扫帚和簸箕四处走动，

扫掉并非我造成的尘埃，

或者拿着小破耙子去花园，

帮其他人的花园除草

——灰尘还将回来，草儿获得营养，抛去我的

努力——

与此同时对其他人的不负责任

和我的自我奴役，怀着不满和失望。

我并非自觉自愿地承担这样的责任。

我想去河边，或舞蹈，

但有什么抓着我的后脖颈。

那也是我，积年之后，一艘紫色眼睛的沉船。

因为都该被完成的都没有完成，于是我晚睡了，

像蛇一样暴躁，喝了太多咖啡，

不仅如此，那些人群发出了嘟囔与

责备声，还有一些劝勉：

有些人就得做些事情！

那是我的手的所作所为。

但我不想干了，我弃绝了自己内心的控制。

我决定戴上墨镜，以及装饰着

金色字母"NO"的项圈，

吃掉并非我养大的花朵。

然而，为何我还觉得
要为那破碎房间内发出的哀嚎负责，
为出生时的缺陷和不公正的战争，
以及那些从遥远星辰落下的
柔软、不堪忍受的哀伤。

线织尾巴

我曾拥有依附于我的益处

像一条假的线织尾巴接在一只残破的狗身上。

一瘸，一拐，一瘸经过我没有神经末梢的附加之物：

如果我给你些什么，你会喜欢我吗？

看着我让你高兴!

这是给你的干枝条!

我从灰尘堆里将它救出。

这是只死鸟。

好啦! 我不好吗?

这是一块被啃的骨头，

我自己的，

我把它从我的胳膊中取出。

这是我的心脏，在一小堆呕吐物当中。

你为了世界新闻而愤怒

是我的错吗? 你那爱咒骂的上帝

和银行业，此外还有天气?

你一整天怒气冲冲并迁怒于

你的镜子，以及收银台的

女孩们?

你想着性生活是一团糟吗?

我尽力做到最好，一瘸，一拐

拖着我的线织尾巴。

带着些口水和泥巴！

膜拜我的好愿景！它黏附

在你的靴子底下

如同正在融化的粉色软果冻。

这儿，你带上它！

带走一切，然后我就自由了；

我可以跑远。我是清白的。

你也可以拥有线织尾巴。

偷窃蜂鸟杯

墨西哥，写给莫妮卡·拉文

一度我对这个世界很贪婪。
我想偷东西，
我想偷很多东西。
近几年来，很少了。

但今天我感到盗窃欲
重新钻回我的指头：
我想要偷窃那只蜂鸟杯。
如果你有一只大手

把你的拇指放到食指上，
那将会是它的周长
如果你有只小眼睛
蜂鸟还要更小一些。

那杯子是暗红色的，
干涸的鲜血的颜色，
带着上了颜色的羽毛，或一阵风，
或一个单词。

蜂鸟是明蓝色的。
它站在边沿栖息
将它的喙浸入杯中，
饮用着杯里原有的东西。

谁制造了它?

它为了谁而制造出来?

谁倒了什么到里边?

因着何等的愉悦?

倘若我可以偷到这只杯子——

打破玻璃制品,带着它匆忙逃开!

这只杯子装满了

看起来如同空气的喜悦。

或耗费的呼吸,或阴影

在没有太阳的一天,

那看起来像是空无所有,

那看起来像是时间,

那看起来像是任何你想要的。

有
一
天
你
将
抵
达
……

有一天你将抵达你生命中的一道曲线
时间将像风一样弯曲
在那之后，年轻人
将不再像过去他们应当的那样
惧怕你，

就像在你五十不到
有着冬天一样的怒视时
他们怕你，
可以将男人的灵魂禁锢在咳嗽糖浆瓶内
可以让狗炸裂出火焰。

替代惧怕的是，你将被施加
某种出于责任
而非真正严肃的尊敬
将要发现自己成为
一种秘密的滑稽的对象
如同一顶荒谬而又昂贵的帽子。
老人闪闪发光的眼里没有欢乐

就算有欢乐，他们的
欢乐缺乏力量。
粉红花朵的墙纸。
花蕾装在花瓶内。蝴蝶

醉倒于发酵的梨。
阴沟里的醉汉。

阴沟里的醉汉歌唱着——
我忘了加上这句。

被惊扰的土地：一些植物在那儿迅速发芽。
想到了苦苣菜。
你把它们掰出来之后
它们将偷偷地潜回地底
将它们肉身般刺痛的鼻子
插入你意欲种下的玉簪花。

山柳菊将会那样。马齿苋。紫色野豌豆。
边缘处，紧贴着沟渠，
公然带着种子，
散播它们穷人的盛宴。

你为何反对它们，
它们和它们纠缠的和谐
以及放荡的情歌？
因为它们对抗你的意志。

我对它们也有类似的感受：
我劈，我挖，
我踩倒它们的豆荚和茎干，
我砍掉和弄碎它们。然而，

假定我卷土重来——
演变，这么说吧——

一旦我被铲起以后？
某种诡异的生长或埋伏？

不要搜寻那些多年生的篱笆：
在被惊扰的土地里找寻我。

花岗岩上的驯鹿苔[1]

这是个小语种，

比高卢区的还小；

当你穿上你的靴子

你勉强可以看到它。

一种干燥的、枯萎的方言

因着许多词汇坚持下来，

有着灰色的枝条

像一棵老树的模样，易碎的，树叶稀少。

在雨中它们呈皮革质地，

而后悄悄地，像橡皮。

它们送上它们的小嘴儿

在茎干上，嘴唇红且圆，

每一个发出一样的音节，

O，O，O，如同鲦鱼

惊呆了的眼睛。

成千的孢子，和流言

1　一种苔藓，因为具有作为驯鹿食物来源的价值而得名。它其实是一种地衣，即真菌与藻类共生所形成的植物。

125

渗入裂缝之中，
无声无息地潜行
进入巨石沉闷的体表，
切穿岩石。

第三岁月-访问北极

我们下去了，步伐不稳地走下舷梯
层层包裹着羊毛制品，
像婴儿那般戴着连指手套，攀上——如同
他们一度说的——在我们
起伏的橡皮艇下波动的冰浪，
到处都在起球，我们喋喋不休地说。

我们被法国人礼貌地归为
"第三岁月"：第一和第二在我们之前，第四
依然委婉地未被提及，即便
它隐约闪现。它是我们之后的。
与此同时，当浪花射向我们，
我们扯起嗓门嘶喊，
为脱离险境而高兴。
无需负责。

阿祖是我们的看守者——
她披上她的海豹皮大衣
为了保护相机配件拿相机的人，手提她的猎熊枪。
她严肃地盯着我们，在一边：
她见过太多我们这样的人

1　欧美称退休后仍在积极学习、旅游和参与社会活动的人群为"第三岁月"（the third age）人群。

觉得我们确实好笑。
放牧我们将会像是放牧
旅鼠。我们将走散。
此外，我们不听话。

而今我们跟跟跄跄地走在岸上。上课时间。
今天轮到简。她说：
当你看到一条像这样的小溪，
流向一个海湾，
而那里有平坦的地带可供搭帐篷，
看得到海，可以狩猎，
有浆果灌木丛，一整面山那么密，
你就知道那儿肯定得有人。

确定无疑了，看这里：
一圈石头，一个狐狸陷阱，
更远处，有座坟墓，
为了隔绝动物外面加了厚板子。
当你拜访时它们喜欢，
阿祖说。打个招呼就好。

于是我们躺倒在柔软的苔藓上，在黑暗中凝视
乌云密布的天空
以及猎食者的盘旋，一片寂静

在那些没有说出口的声音之中，

只是我们无法呆在这里：
我们需要去过更为真实的生活，
看着一切经过。回来时我们缓缓行进
穿着我们笨重的靴子和戈尔特斯[1]防风衣，
缓慢地翻过巨石
就像高大的老孩子被召回学校。
阿祖逗留在远处的山上
避免我们受伤。
她用一只脚站着，高举她的双臂，
一个沉默的信号：
嗨！我在这儿！
这是我所在之地。
我也用一只脚站着。

---

1 一种户外用品的特殊面料。

你听到你爱的那个男人

你听到你爱的那个男人

在隔壁房间自言自语。

他不知道你正在听。

你把耳朵贴在墙上

但你无法听清那些字句,

只有某种嘟囔声。

他生气了吗? 他在赌咒吗?

或者那是一些个评论

如同一页诗上一条漫长又模糊其词的注脚?

或者他试着去找什么他弄丢了的东西,

比方车钥匙?

而后他突然开始歌唱。

你吓了一跳。

因为这是件新鲜事,

但你没有打开门,你没有进去,

他继续歌唱,用他走调的低沉的嗓音,

一种粉绿的单调,密集且石南丛生。

他没有在为你歌唱,或者关于你。

他有着其他来路的快乐,

跟你压根儿没关系——

他是个未知的男人,在他的房间内歌唱,独自一人。

而你为何感觉如此受伤,且如此好奇,

且如此快乐,

且也是种解脱?

在野蛮时刻

那些老人慢腾腾地从山上下来。
那是一座刮着风的山头，
遍布了背叛和砾石，
以及扭曲的脚踝。

有一个带了拐杖，另一个没有。
他们的服装是怪异的，
即便洗过且穿着。

他们一步步地下行，
下到侵蚀过的山坡，
像航海那般扑腾。
他们想要下到海里，
他们实现了这一点。

（有可能我们已经是
老人了吗？
当然不是。
至少不会戴着那种帽子。）

我们过去也许曾到过这里；
至少它看起来眼熟，
但我们都像这样下山，
偏僻的，荒凉的，古老的，

除了石头一无所有。

下来时经过了海潮水坑
那儿有两只塑料瓶子
一些小的软体动物。

有个人在角落里撒尿
避开阳光,
另外一个,没有。

在这个节骨眼上,再度,那儿应该有伴着海浪
的横冲直撞的性
如同在电影中。

但我们依旧穿得严严实实,
谈论着礁石:
它们如何变成这样,火成岩
与砂石的混合?
里边也有云母,它会闪光。

它不悲伤,它明亮
而又干净。
看看我们如何敏捷地爬回来,
一只爪子而后是另外一只。

门　　　　　　那门摇摆着敞开

你往里看。

里边黑漆漆的，

更像是蜘蛛：

没有什么是你想要的。

你感到恐惧。

那门摇摆着关上了。

满月明照，

它充满了诱人的汁液。

你买了一只钱包，

舞蹈很美妙。

那门开了

又飞速地摇摆着关上

你没有注意到。

太阳出来了，

你和你的丈夫

飞快地吃完早饭，他还是瘦的；

你洗碗碟，

你爱你的孩子们，

你读一本书，

你去看电影。

天适度地下着雨。

那门摇摆着敞开，
你往里看：
现在那门为何一直那样？
那儿有个秘密吗？
那门摇摆着关上。

雪落下了，
你呼吸沉重地打扫着步道；
没有过去那么轻松了。
你的孩子们有时会打来电话。
屋顶需要修缮。
你让自己保持忙忙碌碌。
春天来了。

那门摇摆着敞开：
那里边黑漆漆的，
往里走需要好多步。
但那是什么在闪光？
是水吗？
那门摇摆着关上。

那条狗已经死了。
过去也曾发生过这样的事。
你养了另外一只；

但这次不这样了。

你的丈夫哪儿去了？

你放弃了花园。

它带来了太多活计。

夜里那儿有些毯子；

否则你就会一直醒着。

那门摇摆着敞开：

哦上帝带着铰链，

长途跋涉的上帝

你还保存着信仰。

那里面黑漆漆的。

你向黑暗吐露自己。

你跨了进去。

那门摇摆着关上。

MARGARET ATWOOD
The Door
Copyright: © 2007 BY O. W. TOAD LTD.
This edition arranged with CURTIS BROWN-U.K.
Through Big Apple Agency, Inc., Labuan, Malaysia.
Simplified Chinese edition copyright:
2023 SHANGHAI TRANSLATION PUBLISHING HOUSE
All rights reserved.

图字：09-2023-0452号

图书在版编目（CIP）数据

门 /（加）玛格丽特·阿特伍德（Margaret Atwood）
著；巫昂译. — 上海．上海译文出版社，2023.5
（玛格丽特·阿特伍德作品系列）
书名原文：The Door
ISBN 978-7-5327-9132-3

Ⅰ.①门… Ⅱ.①玛… ②巫… Ⅲ.①诗集－加拿大
－现代 Ⅳ.①I711.25

中国国家版本馆CIP数据核字（2023）第066726号

门

［加］玛格丽特·阿特伍德 著 巫昂 译
责任编辑 / 杨懿晶　　装帧设计 / 尚燕平

上海译文出版社有限公司出版、发行
网址：www.yiwen.com.cn
201101 上海市闵行区号景路159弄B座
苏州市越洋印刷有限公司印刷

开本 850×1168 1/32 印张4.5 插页5 字数23,000
2023年7月第1版 2023年7月第1次印刷
印数：0,001—6,000册

ISBN 978-7-5327-9132-3/I·5674
定价：68.00元